KB080197

나의 소년에게

나의 소년에게

김남규

시 집

시
의
집
0
0
1

시인의 말

난 원래 소년이었다. 누가 소년을 살해하고 이렇게 겁 많고 걱정만 하는 남자만 남겨놨을까.

놓치고 있는 것이 많아졌다는 생각이 들었다. 더 놓치기 전에 붙잡아야 한다.

모두가 당신 덕분이다.

2022년 겨울
김남규

차례

제3부

제4부

제5부

제6부

제1부

만드는 꽃

기침이 멈추지 않아
듣기만 했는데도
밤을 채, 쓰지 못했어
불행만 나눠가졌지
계절은
꽃받침처럼
우리를
감싸고

*

조각조각 흩어진 꽃
사람과 사람 두 송이 꽃
어디에 둘 수 없는 꽃
완성해야 꽃이 되는 꽃
영원히
만들지 않을 거야
기쁨의 끝을
미룰 거야

화요일花曜日

하늘은 필 듯 말 듯
손그늘에 드나들고
스치듯 말해도
서로를 흠뻑 적시며
떼쓰는
봄날, 봄의 날
소꿉놀이
허밍처럼

우리는 지는 사람
진다고 흔들리는 사람
저수지 한 바퀴 돌면
계절 하나 바뀌겠지
꽃나비
가만 내려앉듯
어깨 건드는
일몰 한 점

연꽃을 보며 기뻐하는 당신과 얼마나 오래 기뻐할 수 있을까

큰 산이 먼 산이 돼도 안아주면 될 거야

우리가 나눠볼 책에 우리들 슬픔이 있지

7월은
새털구름처럼
높지만 멀리
시작되고

죽은 사람 죽을 사람 현실과 한패라서

눈동자에 꽃 하나 피고 여기가 땅의 끝인데

마음을
훔쳐보는 연꽃인지
겸연쩍게
웃는 날

밤 구경

가위바위보
계속 비기자
모르는 게
많은 밤이야
슬픔은
각자의 우산
봄비 다그친
밤이야
우리는
유치하고 찬란하게
천변을 걷지
겁도 없이

심란心亂은
말에 피는 꽃
물에 띄워
흘려보내고
끝을 들켜도
우리 걸을까

어차피
우리 밤인데
구름은
구름의 이야기를
다 해줄 테니
우리는

나의 소년에게

소년을
살해한 그는
소년만
찾는 소녈 만났고
소녀를
달래지 못해
세계를
펴 보였다
여기는
우리만
노래하는 곳
행과 연은
우리 것

*

마음을
파묘해본다
계속 질문하면

신께 갈 것이다
얼굴을 다
쏟아낼 때까지
마음 없이 운다
소년처럼 운다
울 때만
소녀가 왔다 갔다
그렇게 어른이
되었다

나를 좋아하지 않는 그대에게

소년은 지킬 것이고
소녀는 버틸 것이네

무의미한 손장난
아침까지 영원하길

소년은
소녀의 집을
지나치고
울 것이네

*

너무 빨리 말해버린
먼 후일 늦을 고백

선 긋고 최대한 멀리
근접하는 내기처럼

소년은
삶을 멀리 던지네
넘지 않도록
닿지 않도록

제2부

칠월

계절을 잃어버린 당신
함께 볼 꽃도 놓치고
우리가 제일 잘하는 일
멀리서 울기만 하지
세계는
징그럽도록
초록으로
가득한데

장마가 몰려오는 날
당신을 보러 갈 거야
허리 감는 팔처럼
마음을 빌려오고
빗물이
우리 발부터 먹더라도
밀린 계절을
받을 거야

소녀와 소년의 식목일

소녀와 소년은
그림자를 서로 붙들고
향방向方 없는 풍경風磬처럼
세계를 산책하며
소녀는
소년에게 말했네
울음으로
나무 심자

소년은 소녀에게
한없이 소년으로
거짓말 같이 먼 곳에서
실눈 뜨고 우는 봄이야
소년은
소녀에게 말했네
도망치듯
손잡고

소녀와 소년은
그림자를 놓아주네
이제 움튼 새순처럼
가지 않고 붙잡지 않고
한 바퀴
더 도는 봄이라면
다음 생을
기다릴까?

우리는

우리만 아름답도록
이야기를 망쳐갔다
우리가 가진 시계는
고장난 줄 모르고
무너질
기회를 엿보는
내기 앞에
우리는

멀리
도망가야 한다
세상은
멸滅할 것이다
노래는
멈추지 말고
밤에
눈감지 말고
여름이
우리를 다 쓸 것이다

속수무책
우리는

장마

비 와서 더욱 기쁜 날
말없이 비만 보는 날
솜털에 빗방울
하얀 다리 더 하얬던
물의 날
사선으로 기우는 마음
고이는 마음
ㅁ의 자세

*

풍경을 자르는 비
노래를 새로 짓는 비
영원이 번져가며
행간이 넓어진다
세상을
필사하듯 비가 오니
우산 하나에
어깨 둘

마카롱macaron

허름한 호텔방에서 창문은 닫지 않고

어제까지 여름이었지 혼자 누울 침대를 본다

마음은 돌아오지 못하게 문 잠그고 불 끄고

한입 베어 문 마카롱 혀 굴리며 떠올려 본다

입가에 묻은 소녀 웃음과 입술 주름 세어본다

대견한 슬픔이 오고 있다 선물이라 들었다

면접面接

딱하게도 우리는
애를 쓰는 마음으로

신념 없이 단정하게
시계의 얼굴을 본다

얼마나
큰 슬픔을 질문하려나
생면부지
우리는

*

거스러미가 있었다니
말실수처럼 손을 숨긴다

빗금처럼 서 있는데
빗금 긋는 당신들

경력은
언제나 한 칸이 모자라다
답을 앞세운
질문인데

화분은 자란다

화분이 넘칠 때까지 걱정은 쉬지 않지 물 주는 일 깜빡해도 침묵은 새순을 놓고

우리는
꽃은 기대하지 않아
향기를
상상하지

세계는 자라지만 오늘 밤은 커질 수 없어 의자를 조심히 끌며 당신을 생각하지

마음이
웃자라 색이 변했어
화분만
남았으니

새 노트는 먼지만 있어 쓸 말이 없다고 쓸까 선물 받은 볼펜을 쥐고 아무 책이나 밑줄 긋다가

겨울은
오고 말았다지
화분만
자라니까

이월

소년은 겨울에게
사정없이 끌려 다녔어
풀려났으나 갈 데 없고
끝내 도착한 소녀의 식탁
그들은
울 때까지 먹었어
아니 울지 않고
먹었지

소년은 말하지 않았어
소녀도 묻지 않았지
흥얼거린 노래와 이야기
손뼉 치면 밤 하나 끝나고
소년은
봄이라고 말했어
소녀가
안아주었지

제3부

행복한 나의 집

아들의 말이 늘수록 마음에 넘치는 생활
냉장고 가득 채운 여름과 실패와 은유
우리는
행간을 넓히면서
각자 벽에
붙어 잡니다

깻잎을 잡아주듯 말 없는 저녁의 마음
계절은 비에 갇혔고 얼굴에 물이 고여요
우리는
벽지 속에 길을 잃고
선풍기만
웁니다

아빠 저녁은 왜 깜깜해

해님이 사라졌는데
집은 깊어졌거든

별은 훨씬 뾰족해지고
우리 역시 길어질 거야

아들아
해가 짧아졌으니
서둘러 놀고
바짝 울어

떼써도 바뀌지 않아
잠과 밤, 생활의 순서

우리 한 번만 더 놀자
장난감도 말을 하지

시침이
잠에 겨워 움직이면

눈 꼭 감고
손잡자

밤의 일

잠자리를 나누는 일
서로의 방을 지키는 일
얼마나 깊이 안아야
당신을 가질 수 있나
당신을
미워할 것이다
발가벗은 마음으로

가슴에 가슴이 닿으면
위로될 줄 알았으나
찌르는 일 가두는 일
무난하게 섞이는 일
서로를
함부로 탐한다
각자 알아서
쏟아진다

건선乾癬

신열이 견디다 못해 겨울에만 꽃을 피우네
오늘이 슬퍼서 내일이 오는 것처럼
생활은
물 번진 활자처럼
고름 지고
건조하니

불필요한 상징 같기도 악착같은 生자 같기도
안으로 우는 것인지 고통의 입구인지
삶 위에
삶이 딱지 질 때까지
이자처럼
빛나는

클라우드

읽다 만 소설처럼
당신은 곁에 있다
우리는 이중나선
저녁에만 보는 사이
구름은
항상 집에만 있는지
한통속의
생활

숱 많은 슬픔으로
괄호는 닫지 못하고
비가 비를 복사하도록
무능한 하늘을 본다
雨
雨
雨
마음에 내리는 마음
우산을 빗진
우리

수건이 마르지 않으니

물기 닦을 일 많은데
어쩌지 못하는 날

장마가 계절 타고
가을로 번지는 날

소년은 김서린 안경으로
땀 냄새로 온다

갈아입을 감정 없이
젖은 발목 그대로 앉아

예전이 좋았을까
얼굴이 흐려진다

당신을 짝사랑하다
죽은 소년 기리는 밤

시간이 되어 버린 아내에게

양말을 짝 맞추다
울컥하는 날이었어

살아갈수록 모르겠거든
맞지 않는 모든 이유들

차라리
버리면 될 것을
때 전 밤
널어두고

*

우리, 백날만 살까*
당신은 그저 웃었지

접질러진 우리는
통증을 귀찮아하며

꽤 오래
함께 살아가겠지
뭐, 나쁘진
않아

* 故 배영옥 시인의 「여분의 사랑」에서(유고시집 『백날을 함께 살고 일생이 갔다』, 문학동네, 2019).

잃어버린 왼쪽

휘어진 목뼈처럼
당신에게 쏠린 마음
뒤돌지 못하고
숙이지 못하고
이불 밖
열린 괄호가 된 밤
닫힐 줄을
모르고

잇달아 거절하다
베갯잇이 받아준 불면
왼편에 당신 두고
모로 누운 등 상상하며
목 뒤에
떼었다 붙인 마음
화끈, 하며
운다

폭염

우리가 아닌
지옥이
우리를
찾는 날이다

자음을
모두 핥아
모음만
눌어붙은 날

당신은
더운 냄새와 함께 왔다
기쁨으로
안았다

우리가 가진 겨울

우리가 섬기던 기쁨은
슬픔처럼 급히 옷 벗고
마음을 쫓는 몸 같이
서로를 탐하듯 빨고
슬픔은
기쁨의 등허리에
손톱을
박아 넣지

우리는 천애고아天涯孤兒
밤마다 추위에 떨면
기쁨의 살 슬픔의 살
불붙을 때까지
기쁨은
기어이 마음을 쏟고
슬픈 구멍마다
입 맞추지

우리 몸은 슬픔과 기쁨
체액을 주고받으며
슬플 때까지 울고
울 때까지 기뻐하고
우리는
벌거벗고 살 거야
우리 둘의
겨울은

막차가 나를 기다리네

여름비에 친친 감긴 발목
비에 빗물이 뛰어드네

흠씬 비에 얻어맞으며 겁에 질린 밤과 나

막차가
오지 않았으면 하네
아침까지
비나 맞게

이곳은 서울 변두리
네 곁을 맴돌 듯이

빗방울 어깨를 물자 그림자는 물이 되네

맨발로
막차가 오고 있다네
울음을
입에 물고

고강동

비행기 활주하는 곳 잠시 말을 멈추는 곳
하늘을 자주 본다
우린 얼마나 왔을까
소년이
손짓할 때마다
웃어주는
소녀여

비행기보다 먼저 올 소녀 아침보다 먼저 올 소녀
소년은 기다림으로
사랑을 기다리겠다
구름과
제일 가까운 곳
골목만
달리는 곳

#급매

집이 나가지
않는다
벽지에 갇힌
신혼부터
세상은 여기서만 작은 방에 있다 갔다
아이는
벌써 노래를 만들고
#우린그저
#울다가

집이 나가지
않는다
몇 개의
밤을 놓쳤다
낡음이 에워싼다 쪽창처럼 턱을 괴고
삶에서
가져갈 것을 세본다
#버릴것은
#없는데

내 아들은 천문학자가 되었으면 좋겠어

가슴께를 조물거리며 당신에게 말했어요

사랑해 라는 말은 당신을 속이겠다는 말

몸에서

점을 발견하는 마음으로

밤하늘이

옵니다

제4부

호텔 캘리포니아*

희망은 없었지만
우리는 울지 않았지
얼마 후 무너질 문장
아무것도 아닐 단어
일부로 이 세계에 갇혔지**
하고 싶었어
그게 전부

세상은 곧 끝날 거야
우리는 울지 않았지
본 적 없는 아름다움은
펴지 않은 책에 있지
우리는 쓰다가 죽을 거야
하기 싫어도
그게 전부

* Eagles의 노래.
** "We are all just prisoners here, of our own device."

백기白旗

활자活字에 포위당했다
우리는 지는 사람

계절에 구덩이 파고
백기白旗를 귀에 건다

일용할
문장 한두 개
묵언으로
밀막고

얼굴을 놓지 못하고
기침이 끌고 가는 날

귤껍질 쌓아두며
손톱 살 매만질 때

창문이
방을 가두고 있다

밀폐된
마음같이

The Fool*

절벽을 앞두고 우리는 노래하네

불안 하나 손에 쥐면
계절도 두렵지 않으니
예감은
가볍지도 무겁지도
모르는 척
앞으로

소문에서 질문으로 멀리서 현실이 오네

아버지를 버리고
아버지가 되는 날이네
딱 한 번
되돌아보거나
영원히
등 돌리는

* 타로카드 메이저 아르카나 중 0번째 카드. 재주꾼 혹은 광대.

시집을 버릴 때

서명된 면지를 찢고

남는 것은 겨우 시집

쌓아놓고 제목만 보네

할 말이 있는 것 같아

우리는

얼마나 모았을까

선부른

시집을

런run

모두가
앞만 보며
씩씩한 신발 신고

돌아올 수 있는 데까지
가야한다 갈 것이다

우리는
우리 마음속을
걷거나
뛰었다

*

윗입술과

아랫입술처럼

붙었다 떨어졌다

• •

마음을 후미에 두고
돌아보지 않을 것처럼

두 발로
도망치듯 갈 것이나
결국에는
당신

• •

우리가 놓친 여름
— 광릉

멀리서 배경으로
너를 보네 바람이 부네
땅바닥에 엎질러진 나무
마음도 그늘지네
여름은
하늘을 그릴 것이네
네가 나를
print하듯

*

무섭게 여름이 가네
먹을 마음도 없이
천 개의 말줄임표
나무마다 내걸리고
하늘을
같이 봤던 여름은
밤처럼 검게
칠해지네

새로고침

F5
당신이 그만, 했다, 나는, 듣기만 했다
나 혼자, 놓친 것일까
당신이, 놓은 것일까
이름을, 불렀을 뿐인데, 울지 않을, 것이다

F5
몇 년 내내, 우리는, 전혀 새롭지, 못했다
기억 없이, 환유만 남아
밤의 창가만, 서성이고
마음은, 앓는 것일까, 각자의, 리듬으로

F5
살려와, 달라는 말, 줄 게 없는데, 어쩔 줄 모르고
삶에 삶을, 덧붙여도
어차피 늦은, 말의 마음
우리는, 조금씩 저물어가고, 세계와 나는, 턱만 괴고

열 시

생활이라는 형벌에
봄꽃처럼 떨던 우리는

손잡고 밤을 건넌다
세계는 사라져간다

우리가
必자처럼 결박되었으면
돌아가지
않았으면

한참이나 너를 보는 마음
그 마음을 보는 내 얼굴

모른 척하는 네 얼굴까지
우리는 닮아간다

10시다
보지 않는 시계에

꽃을 놓친
끝이 온다

사월

빈차 태운 택시들
어디론가 사라진다
미간을 찌푸린 밤
차라리 눈멀고 싶어
당신이
달랠 수 없는
엎질러진
봄밤

음악이 당신을 듣다
어쩌지 못해 울먹이고
나는 나를 견디지 못해
지구처럼 기울겠지
핸들을
최대한 꺾을 거야
당신 쪽으로
갈게

지긋지긋한 계절

우리들의 엄마는 혼자 우는 사람

우리도
곧 그렇게
누워있는
시집처럼

서둘러 늙었으면 하고 서로의 등 쓸어보네

우리들의 엄마는 엄마로 남아있네

함부로
계절은
여름으로
엎질러지고

우리는 길고 깊게 밤처럼 서로를 잡아끄네

주거나 혹은 잃는

아침 늦게 일어난 감정
여전히 베인 살갗처럼
빨갛게 물들을 하루
상처는 아물면 죽지
마음을
너에게 두었는데
어디 갔지
마음은?

*

말 없는 마음 없지만
말 못할 마음도 있지
수많은 어제를 울리고
밤을 놓친 너를 울리고
결국은
하나의 우산 밑에
있을 거면서
왜 그랬지?

*

마음은 없지 않은데
찾진 못하겠어
네게 방금 배웠는데
지금 울면 되는 거지?
이 시가
여름날의 이야기로
남았으면
좋겠어

밤이 없으면 우리는

영원히, 못 볼 거다
낮에는 씩씩하니까
새벽은 바다처럼 너울로 일렁인다
휩쓸려
조금씩 가도 될까
허락 없이
가는 밤

좌절挫折은 끊지, 못할 거다
비겁하게 아침이 온다
4월은 윤곽만 남고 우리는 바닥이 없고
실패가
창밖에서 빛난다 곧,
검은 별도
들 거다

클레이

나를 뭉쳐서 너와 합치고
둥글고 길게 한바탕 웃고
눈은 두 개 입은 없지만
눈 하나 떼어 줄게
우리는
무엇이든 볼 수 있어
이번에는
넓게 펴서

밤의 꼬리 길게 잇다가
싹둑 끊어 다리로 하자
우리는 집 없는 사람
꽃 지듯 걷는 사람
튼튼히
세워놓고 입김 불면
신발 신고
사라질 거야

살구 같은 것

베어 먹는 것

혼자 먹는 것

흐르는 것

짓무른 것

단단히

박힌 씨앗처럼

우리들이

가진 것

제5부

12월 31일

내가 가진 생일은 모든 게 끝장난 날
일 년을 붙들다가
엉덩방아 찧는 날
하루 새
두 살 먹는다
잠들지 않고
월령月齡처럼

모두의 자정을 빼앗아 숨길 것이다
구정舊正까지 버티면서
대낮만 내줄 것이다
미신은
안간힘 쓸 것이다
시의 첫 행을
막을 것이다

ZOOM

먼 사람과
한 사람이
약속을 견뎌야할 때
침묵에 물 주거나
붙임성 있는 표정이 있지
충분히
밝고 높은 슬픔으로
안녕에 안녕하렴

*

중언하고
부언하고
늦게 오는 마음이 있지
흐트러진 등 뒤로부터
괄호를 곧, 닫을 거야
혼자서
내 얼굴을 세어볼게
무릎 당겨 앉았지?

해설 쓰는 날이 계속 되었다

시와 산문 사이 주저앉아
접힌 문장 펴보다가
못 볼 걸 본 것처럼
할 말을 놓쳤을 때
당신도
마음을 놓쳤을 것이다
우주처럼
까맣게

세상은 물웅덩이다
책에 발이 빠져든다
형용사는 철야중이다
우산에 맺힌 밤을 말린다
우리는
지금 막 탈영한 것처럼
자꾸 얼굴을
볼 것이다

나쁜 소문

용언 없이 환유만 남자 세계가 저물어간다

소문을 견디는 밤 마음이 멀리 가는 밤

어둠이 얼굴을 먹어치운다 마침표가 떨어진다

괄호를 닫는 일은 오늘까지 책임지는 일

가진 적 없는 깃발을 기꺼이 내줄 것이다

3월은 한쪽 눈 감고 온다 나쁜 소문이 그렇듯

믿음을 믿는 일

베개에 귀를 대고
계시를 기다리네
기도는 솟아오르고
눈물은 살아 있고
마음이
얼굴을 먹어치우네
말도 없는
당신에게

*

점점 밤은 두꺼워지고
침묵이 어깨를 치고
당신을 기다렸으나
이야기는 망칠 것이네
잠들면
거둬갈 하루치 영혼
목적 없는
어둠으로

갤럭시

무슨 일이 생기든
내버려 두기로 했네
하나둘 손 흔들면서
괜찮다고 말했네
여기서
내려가는 것은
내려가면
안 되는 것

*

눈멀 만큼 파랗고 파란
손금도 파래지는 곳
우리는 패배한 사람
하늘에 엎질러졌네
슬픔이
허리숙인 채
말아 올리는
여름날

애플

우리는 고작 몇 알로
마음을 얻으려 하지
오랫동안 갖고 있기를
밤마다 반짝할 테니
지상에
흩어진 마침표는
하늘의 별이
떨어진 것

우리가 놓친 얼굴은
우주처럼 까매지고
괄호를 닫을 때까지
사과 몇 알 더할게
우리는
조금씩 익어갈 거야
붉게 웃는
너처럼

에코

밤에 밤이 반향되었지 차라리 아침에 잘 걸
방 불은 켜지 않고 마음은 생각하지 않고
계절은
쓰다 남은 장마를
마침내 꺼내들고

시집이 당신 닮았어요 어쨌든 살아있기를
대낮에 당신은 울었는지 취했는지
멀리서
비틀거리며 답이 다시 왔지
몇 번이나 읽었어

기다리면 오지 않나봐 망부석처럼 돌이나 될 걸
아무것도 못했지만 아무 일도 없었지
8월 말
어서 빨리 끝장나길
간절해서 지겨운

우리들의 그래프

끝까지 기다리다 내리꽂는 밤이었어

주머니 탈탈 털어 뭐라도 해볼까 했지

마음은
바닥을 뚫고 바닥으로
씩씩하게
바닥으로

번쩍하고 첨탑처럼 번개 치는 밤이었어

허기진 졸음은 고개 들지 못하고

새벽은
새벽을 뚫고 새벽으로
맑고 쨍한
1월처럼

연필에 눈이 찔리는 꿈

며칠째 같은 꿈이야

별이 휘청이도록

고개 돌려도 따라오는 밤

이불은 당겨 덮었지

연필은

어떻게 될까

실패일까

패배일까

제6부

알보칠*

빗금처럼 아팠다가
무심하게 까먹다가
질문이 계속되며
가장 안쪽이 쓰린 날들
상처는
아물면 죽지만
당신은 여전하네

괴사한 마음에
당신이 올 때마다
납땜하듯 엉겨 붙네
억지로 지혈하네
급하게
맑은 침이 고이네
삼키지도 못하고

* 구내염 치료 외용액제.

수고하고 무거운 짐 진 자들아 다 내게로 오라

2.
구원을 호객하는
티슈 몇 장 사탕 두 개

가방 깊이 찔러놓고
곧 잊게 된 영원의 말

남자는
목사牧師가 되고 싶었으나
화장실에서
꺼낸 울음

1.
소년은 밤마다 우네
영원히 잠들까봐 우네

잠들까봐 혼잣말 하네
신神도 듣지 못하도록

기도는
사춘기 몽정으로
전전과 긍긍
흩어지네

사랑의 역사役事

온갖이라는 말처럼 새 그릇을 알아볼게

백 년 동안 함께 할 식탁
원래 꿈은 낮에 하는 것

수없이
볼bowl에 담겼던 계절
컵에 묻은
저녁까지

최대한 부수지 않고 레고를 치워볼게

아빠엄마를 연기하고
비밀 만드는 아이 같이

당신과
밤새 그림 그릴 거야
세상 모든
말까지

해설

소년처럼, 사랑은 얼마나 애달픈지

김태경
시인 · 문학평론가

"모든 글쓰기는 연애 편지이지요. 다시 말해 실재적인-문학입니다. 우리는 비극적인 죽음 때문이 아니라 오직 사랑으로 인해서만 죽어야 합니다. 우리는 오직 이러한 죽음에 의해서만 글을 써야 할 것입니다."[1]

망각한 줄 알았던 지난 상처는 사실, 망각되지 않았다. 어떤 망각들은 망각했다는 착각일 뿐이다. 지금도 존재하는 '비존재'가 자아 안에 사는 것이다. 눈에 띄지 않는 비존재는 기억이 만든 흐릿한 공간과 무한 반복되는 그 시간 안에서, 크로노스Chronos에 몸이 내맡겨진 현실 속의 '나'와 동거 중이다. 육체가 늙어가면서 점점 더 늘어나는 것은 다양한 상처를 지닌 채 내 앞에 줄지어 서 있는 비존재들. 비존재들은 지금의 '나'보다 어린 '나'이거나 아직 만나지 못한 늙은 '나'이며, 몸 어딘가에는 결핍으로 구멍이 나 있다. 그 구멍 때문에 우리는 우리

1 질 들뢰즈, 클레르 파르네, 허희정 옮김, 『디알로그』, 동문선, 2021, 100쪽.

가 의식하지 못하는 사이에도 여지없이 아프다.

의식적인 자아는 때때로 비존재자 중 하나를 의도적으로 불러 세우고, 까맣게 구멍 난 두 눈언저리를 바라본다. 을씨년스러운 존재를 마주하며 굳이 두려움을 인내하는 이유는 그 비존재가 아파도 너무 아프기 때문에. 이로 인해 현실 자아도 같이 고통받고 있기 때문에. 나에게는 그를 치유해야 할 책임이 있다. 자아는 비존재를 도려내고는 살 수 없으며, 몸에 검은 구멍이 늘어가는 것을 망연자실하게 지켜만 보는 행위는 어쩔 수 없는 나약함이거나 나태일지도 모르니까. 인간은 누구나 '찢긴 존재'이다. 하지만 대책 없이 번지는 검은 구멍을 내버려 두고 타자를 만난다는 건 위험한 모험이다. 타자의 손이 나의 검은 구멍을 메워줄 수도 있지만, 반대로 나의 검은 구멍이 타자에게로 옮아갈지도 모르니까.

김남규 시인이 비존재와 길을 걸으며 사랑에 대해 말하고 쓰는 행위는, 나의 검은 구멍을 그냥 두지는 않겠다는 낭만적인 선언이자 실천이다. '찢긴 존재'인 인간에게 특별하게 허락된 것은 사랑이며, 실은 '완전하지 않은' 허락을 '가능'에 좀 더 가까이 도달할 수 있도록 시조 리듬의 경계를 아슬아슬하게 넘나드는 것이다. 그와 동행하는 비존재는 아름답고 외로운 '소년'이다. 소년은 어른이 되기를 거부하고 어른이 되지 못한 채, 어른들이 완성하고자 하는 불가능한 이상理想 공동체의 틈새를 밝히고 있다. 그가 이번 시집에서 '소년'을 시적 주체로 전면에 세운 또 다른 이유가 이에 있다고 가늠해보는 것이다.

이번 신작 시집은 『일요일은 일주일을』(고요아침, 2015), 현대시조 100선 『집그리마』(고요아침, 2016), 『밤만 사는 당신』(발견, 2019) 이후, 김남규 시인의 네 번째 시집이다. "'시조의 정체'를 끊임없이 찾아 나서는 보헤미안적인 기질"[2] 이 이번 시집에서는 어떤 모습으로 나타날까. "생활은/ 물 번진 활자처럼/ 고름 지고/ 건조하"(「건선乾癬」)지만, 여전히 "울음으로/ 나무 심"(「소녀와 소년의 식목일」)는 소년을 만나보자. "열린 괄호가 된 밤/ 닫힐 줄을/ 모르고"(「잃어버린 왼쪽」) 흘러버린 마음과 말이 여기에 남아 있다.

&(&)

의식적 자아가 붕괴되거나 그러한 조짐을 보일 때, 파편화된 모든 종류의 기억들로 손을 뻗어나가는 것은 언어이다. 이때, 언어는 차라리 실존하는 슬픔이 되고

2 전해수, 「시조의 역설 혹은 엔트로피 이후의 시조」, 《시조시학》 2022년 여름호(83호), 고요아침, 110쪽.

자 하는 것 같다. 김남규 시인은 자아와 세계의 불일치가 양산하는 고독과 슬픔을 시조 속에서 언어로 살게 한다. 이로써 영원한 죽음—명쾌한 의식의 죽음이거나—에 대한 불안을 잠식시키고, 비성년인 소년을 갈등의 중심에 앉힘으로써, 언어와 함께 흐트러진 자아를 정화한다. 요컨대, 소년은 아픔의 표출과 의식의 순화를 수행하는 그만의 문학적 존재인 것이다.

소년은 원래 살해당했다. 바깥 세계에 이끌린 과거의 어느 주체에 의해서. 그것은 현실에 대한 체념이고 무의지無意志였다. 그러나 바깥 세계에서 오는 또 다른 누군가는 소년의 죽음을 그냥 두지 않았다.

소년을
살해한 그는
소년만
찾는 소녈 만났고
소녀를
달래지 못해
세계를
펴 보였다
여기는
우리만
노래하는 곳

행과 연은
우리 것

*

마음을
파묘해본다
계속 질문하면
신께 갈 것이다
얼굴을 다
쏟아낼 때까지
마음 없이 운다
소년처럼 운다
울 때만
소녀가 왔다 갔다
그렇게 어른이
되었다

—「나의 소년에게」 전문

소년의 소년은 '끝나지 않는 중'이다. 어른의 나이가 되어도. 어쩌면 소년은 다시 태어난 후로, 한동안은 그 안에 갇혀 있기로 작정한 듯하다. 소년에 갇힌 소년의 시작은 '소녀'라는 결정적 사건에서 비롯되었다. 소녀는 소년만 찾았고, 의식적 자아는 그러한 소녀를 위해, 우리라는 공동의 구멍에 새로운 세계를 펼쳐 보이고 소년을 다시 깨운 것이다. 그곳은 소년과 소녀만 "노래하는 곳", 행과 연이 모두 그들의 소유인 곳, 언어가 공간을 구축하는 곳이다. 소년은 분명히 존재하는 허구적 공간에서 마음의 무덤을 파고 지속·반복되는 질문을 던지며 신께 나아간다. "얼굴을 다/ 쏟아낼 때까지" "마음 없이" "소년처럼" 울면서. "스치듯 말해도/ 서로를 흠뻑 적시며/ 떼쓰는 봄날, 봄의 날"(「화요일花曜日」)을 꿈꾸면서.

문제는 소녀가 소년이 울 때만 잠깐 왔다 간다는 데 있다. 때로는 "한 번도 오지 않은 당신을 매일 기다"[3]린다는 데 있다. 그래서 소년은 우는 일을 멈출 수 없다. 모른 척하고 그냥 두면, 소년은 몇 날 며칠이고 괄호 안에서 혼자 울기만 할 것이다.

2.
구원을 호객하는
티슈 몇 장 사탕 두 개

가방 깊이 찔러놓고
곧 잊게 된 영원의 말

---

3 김남규, 『밤만 사는 당신』, 발견, 103쪽.

남자는
목사牧師가 되고 싶었으나

화장실에서
꺼낸 울음

1.
소년은 밤마다 우네
영원히 잠들까봐 우네

잠들까봐 혼잣말 하네
신神도 듣지 못하도록

기도는
사춘기 몽정으로
전전과 긍긍
흩어지네
—「수고하고 무거운 짐 진 자들아 다 내게로 오라」 전문

의식적 자아의 '진짜' 소년을 만나기 위해서 우리는 시간을 거슬러 가야 한다. 위 인용시가 첫수는 2부로, 둘째 수는 1부로 구성되어 있기 때문이다. 부연하자면, 둘째 수가 시간으로는 앞선 사건이고 소년의 사연이 드러나며, 첫수는 현시점의 일로 어른이 된 남자의 고백을

담고 있다. 어느 날 남자는 교회에서 나눠 준 "구원을 호객하는/ 티슈 몇 장 사탕 두 개"를 "가방 깊이 찔러놓고" 잠시 망각했던 비존재를 떠올린다. 화장실에서 울음을 꺼내며. 남자는 원래 목사가 되고 싶었다. 그것은 소년의 간절한 기도이기도 했다. "밤마다" "영원히 잠들까봐" 울고, "잠들까봐 혼잣말 하"던, 신神에게조차 들리지 않게 울던 사춘기 여린 소년의 기도 말이다.

인용시에서 준 정보만으로는 소년이 왜 그렇게 전전긍긍하며 조용히 울어야 했는지, "겨울에게/ 사정없이 끌려 다"(「이월」)니던 소년이 왜 "흠씬 비에 얻어맞으며 겁에 질린 밤"(「막차가 나를 기다리네」)을 헤매는 어른이 되었는지 알 수 없다. 외재적-표현론적 관점에서 추측해볼 뿐이다.[4] 그렇다고 다 알 수 있는 건 아니다. 아니, 애초에 '왜'라는 물음 자체가 무의미하다. 주목할 것은 남자와 소년이 느끼는 정서에 있다. 바로 두려움. 굳이 '왜'를 붙이지 않아도, 인간은 모두 저만치 떨어져 있는 "천애고아天涯孤兒/ 밤마다 추위에 떨면"(「우리가 가진 겨울」)서 두려움을 견딘다. 소년은 '영원히 잠듦-죽음'에 대한 두려움과 이러한 두려움을 갖게 만든 생활세

4 김남규, 「삶에서 일어나는 삶을 쓴다」, 《시조시학》 2022년 여름호(83호), 고요아침, 92~99쪽. 시인연보는 100~108쪽. 연보에 시인의 지난 생애에 대한 정보가 구체적으로 기록되어 있다.

계에 대한 두려움으로, 남자는 소년에 대해 연민을 느끼면서도 비존재의 검은 구멍을 보는 두려움으로 운다. 두려움은 의식적 자아를 붕괴하게 만들고, 파편화된 기억들은 언어에 담긴다. 그리고 언어는 온몸으로 슬프다.

&. &

소년은 괄호 밖으로 나와 행간을 걸어 다닌다. 괄호 안은 혼자서 비극의 카타르시스를 체화하는 곳. 그 안에 주저앉아 있을 수만은 없다. 김남규 시인 역시 '찢긴 존재'이지만, 나약함이나 나태가 비존재에게 생긴 구멍을 썩게 하도록 그대로 두지 않는다. 그는 행동하는 사람. 인간에게 특별하게 허락된 사랑을 '행과 연'에서 시도하고 시험한다. 도착지를 알지 못하는 혹은, 처음부터 도착지가 없는 모험이겠으나, 사랑은 포기한다고 포기되는 플랜이 아니다. 그것은 어느 순간 던져지는 쇼크이고, 눈을 뜨고 있으면서도 꿈을 꾸는 듯한 카오스인 것이다. 카오스는 "천체의 파열, 모든 형태의 전체성의 파열".[5] 사랑도 예외는 아니다.

5 모리스 블랑쇼, 박준상 옮김, 『카오스의 글쓰기』, 그린비, 2020, 137쪽.

읽다 만 소설처럼
당신은 곁에 있다
우리는 이중나선
저녁에만 보는 사이
구름은
항상 집에만 있는지
한통속의
생활

숱 많은 슬픔으로
괄호는 닫지 못하고
비가 비를 복사하도록
무능한 하늘을 본다
雨
雨
雨
마음에 내리는 마음
우산을 빚진
우리

—「클라우드」 전문

비가 내린다. 마음에. 당신의 마음에 비가 내리면, 나의 마음으로도 비는 복사된다. 비를 멈추게 하는 방법을 찾지 못해 무능을 읽는 저녁이다. 비는 인간의 힘으로 그치게 할 수 없다. 그래서 "숱 많은 슬픔으로/ 괄호"를 "닫지 못하고" 바로 곁에 있는 당신과 나 사이에 구름이 가득하다. 인용시에서 '구름'을 소재로 취하는 것은 "지배적인 발화제들의 코드와 이미 수립된 사물들의 상태들의 영토에 스스로를 일치시키는 방식"[6] 이다. 구름은 어디서나 볼 수 있고 언제 비를 내리게 만들지 모르는 하나의 코드이다. 여기에 생활세계가 일치되는 것이다. 그리고 김남규의 시조에는 일종의 문학적 '클라우드'[7] 처럼 생활세계의 구름이 곳곳에 저장되어 있다.

낮에는 각자의 세계에서 시간을 보내다가 "우리는 이중나선/ 저녁에만" 만난다. 하지만 "구름은/ 항상 집에만 있는지" 슬픔으로 가득 메워져 있다. 집도 결국, 휴식처가 되지 못한다. 비존재의 구멍에도 슬픔이 빗물처럼 들어찬다. 소년이 괄호 밖을 나와 사랑이라는 행간을 거닐 때, 의식적 자아가 재소환하는 비존재는 소년의 모습과는 거리가 있다. 시인의 생물학적 나이보다 더 늙은 '나'가 등장하기도 하는 것이다. 이 성숙한 화자는 인고와 감내를 바탕으로 움직이고, 체념하는 법을 다 알아버린 듯하다. "생활이라는 형벌에/ 봄꽃처럼 떨"지 않기

6 질 들뢰즈, 클레르 파르네, 허희정 옮김, 앞의 책, 139쪽.

7 데이터를 인터넷과 연결된 중앙컴퓨터에 저장해서 인터넷에 접속하기만 하면 언제 어디서든 데이터를 이용할 수 있는 것.

• •

위해, 너와 내가 "손잡고 밤을 건"(「열 시」)너게 하기 위해, 의식적 자아가 의식적으로 등장시킨 비존재인 것이다. 이를 두고 '습관'이라 칭해도 되겠다.

아침 늦게 일어난 감정
여전히 베인 살갗처럼
빨갛게 물들을 하루
상처는 아물면 죽지
마음을
너에게 두었는데
어디 갔지
마음은?

*

말 없는 마음 없지만
말 못 할 마음도 있지
수많은 어제를 울리고
밤을 놓친 너를 울리고
결국은
하나의 우산 밑에
있을 거면서
왜 그랬지?

• •

*

마음은 없지 않은데
찾진 못하겠어
네게 방금 배웠는데
지금 울면 되는 거지?
이 시가
여름날의 이야기로
남았으면
좋겠어

—「주거나 혹은 잃는」 전문

성숙한 비존재는 습관처럼 '마음'의 수수께끼를 푼다. "모르는 게/ 많은 밤"이 흐르고 "슬픔은/ 각자의 우산"(「밤 구경」)이었던, 지난 시간을 회상하며 묻는 것이다. "마음을/ 너에게 두었는데/ 어디 갔지/ 마음은?" "결국은/ 하나의 우산 밑에/ 있을 거면서/ 왜 그랬지?" 마음이란 질문은 끝나지 않는 문장이다. 특히, 사랑하는 '너'의 마음은 감당하기 벅찬 긴장이고 실패로 귀결되기 쉬워서, 종래는 울음이 욕망을 지배한다. 울음이 필연적으로 바라는 것은 "이 시가/ 여름날의 이야기로/ 남았으면/ 좋겠"다는 소망. 여전히 마음을 찾지 못하고, 마음과 마음 사이에는 헤아리기 어려운 거리가 있으므로, 마음

또한 성취되지 못할 구원일 터이다.

베개에 귀를 대고
계시를 기다리네
기도는 솟아오르고
눈물은 살아 있고
마음이
얼굴을 먹어치우네
말도 없는
당신에게

*

점점 밤은 두꺼워지고
침묵이 어깨를 치고
당신을 기다렸으나
이야기는 망칠 것이네
잠들면
거둬갈 하루치 영혼
목적 없는
어둠으로

—「믿음을 믿는 일」 전문

전복하고 싶은 정서는 진부한 체념이 아닐까. "믿음

을 믿는 일"이 그러하다. 믿음은 사랑을 담보로 하는 순도 높은 정서적 이행이다. 준거점이 없는 이 폐쇄된 담론은 "마음이/ 얼굴을 먹어치우"고 "침묵이 어깨를 치"게 해도, 다시 믿음을 갖게 하는 순환 · 반복 구조로 이루어져 있다. '믿음-상실-믿음'의 쳇바퀴를 빠져나오지 않고, 그 안에서 끊임없이 운동하지 않으면, 비존재는 그가 두려워하던 '영원히 잠듦'에 향해갈지도 모른다. 그렇기에 성숙한 비존재는 믿는 일을 습관화할 수밖에 없다. 거기에 울음이 있다. "베개에 귀를 대고/ 계시를 기다리"며 절절한 기도를 하고, 그러는 동안 눈물이 살아 있는 것처럼 솟아오르고 마는.

강조하건대, 소년이 괄호 밖을 나와 김남규 시조의 언어 세계에서 자유롭게 돌아다니는 동안, 의식적 자아가 불러온 또 하나의 숨겨진 자아는 성숙한 비존재였다. 그도 울고 있다. 사랑의 카오스 속에서, 허무를 견디고 고통을 인내하며. 좀체 사라지지 않는 구름 속에서 습관처럼 믿음을 믿으며. 그의 곁에 함께 있을 누군가가 필요하다.

&& *

허무를 무력화시키기 위해 의식적 자아가 마주하는

비존재는 '다시, 소년'이다. 이는 너무 울어서 두 눈에 까맣게 구멍이 난 소년을 사랑으로 감싸 안는 나르시스적 호명이다. 나르시스로서의 소년을 앞세우는 행위는 '찢긴 존재'인 자아를 치유하기 위한 하나의 방식이며, 타자를 품기 위한 장력張力으로도 기능한다. 그래서 소년이라는 비존재가 또 다른 성숙한 비존재를 조우하면, 소년은 사랑을 더욱 견고하게 세공하려는 의지를 보인다. 그의 곁에 소녀가 함께 있기 때문이다. 가능이라 믿고 싶지만 불가능인 사랑이 우리를 "지는 사람"으로 만들고 "계절에 구덩이 파고/ 백기白旗를 귀"(「백기」)에 걸게 해도, 소년은 지키고 싶은 대상을 지키기로 선택한 것이다.

소년은 지킬 것이고
소녀는 버틸 것이네

무의미한 손장난
아침까지 영원하길

소년은
소녀의 집을
지나치고
울 것이네

*

너무 빨리 말해버린
먼 후일 늦을 고백

선 긋고 최대한 멀리
근접하는 내기처럼

소년은
삶을 멀리 던지네
넘지 않도록
닿지 않도록

—「나를 좋아하지 않는 그대에게」 전문

사랑은 회의주의다. 열렬히 사랑한다고 해도, 진정 얻고 싶은 마음은 얻을 수 없고, 정작 받고 싶은 사랑은 온전하게 받을 수 없다. 그 사랑의 불가능성을 '그래도 사랑함'으로써 다시 부정하는 것, 즉 '사랑의 회의주의에 대한 회의주의'다. 이러한 변증법적 정서적 형태를 사랑의 아이러니라 해도 될지. 그렇기에 사랑은 멀리 두기이다. 최대한 가까운 거리의 멂. "나의 마음이 너무 뜨거워서 당신의 마음을 뜨겁게 할 줄 알았는데 당신의 마음이 너무나도 차가"[8]운 걸 알았을 때, 내가 해야 하는 건 "최대한 멀리/ 근접하"도록 "삶을 멀리 던지"는 것이다. 이처럼, 소년은 성숙한 비존재를 후광으로 둔 채, 거침없이 사랑하고, 사랑의 아픔을 깨달으며 극복하고자 한다. "노래는/ 멈추지 말고/ 밤에/ 눈감지"(「우리는」) 않고, 그렇게 소년은 사랑 이외의 "갈아입을 감정 없이/ 젖은 발목 그대로 앉아"(「수건이 마르지 않으니」) 자기 방식대로의 사랑을 실행하는 셈이다.

기침이 멈추지 않아
듣기만 했는데도
밤을 채, 쓰지 못했어
불행만 나눠가졌지
계절은
꽃받침처럼
우리를
감싸고

*

조각조각 흩어진 꽃
사람과 사람 두 송이 꽃

8 박원, 〈나를 좋아하지 않는 그대에게〉의 일부, 앨범 《Like A Wonder》(2015. 11. 12.) 중에서.

어디에 둘 수 없는 꽃
완성해야 꽃이 되는 꽃
영원히
만들지 않을 거야
기쁨의 끝을
미룰 거야

—「만드는 꽃」 전문

사랑은 활짝 핀 꽃이기보다는 아직 머금고 있는 꽃봉오리이다. "조각조각 흩어"져 있는 "사람과 사람 두 송이 꽃"이 만나서, 함께 있지만, 완성되지는 않은 불완전성을 함축한다. 우리는 "불행만 나눠가졌"다. 그러나 기실, 불행은 진짜 사랑하는 사람과만 나눌 수 있는 보물이지 않나. 그래서 당신과의 사이에서는 사랑의 깊이만큼 결핍도 발생한다. 대체, "얼마나 깊이 안아야/ 당신을 가질 수 있나/ 당신을/ 미워할 것이다/ 발가벗은 마음으로"(「밤의 일」). 그렇게 "두 발로/ 도망치듯 갈 것이나/ 결국에는/ 당신"(「런run」)에게로 향하게 되는 것도, 우리가 불행을 나누어 가지는 사이이기 때문이다. 불행은 나의 민낯이니 아무에게나 보여줄 순 없다. 오직 당신만 가능하다. 그러므로 사랑은 "우리 마음대로 가질 수 없는 회의주의적 명랑성의 그 측면에 있"[9]는 것이다.

9 모리스 블랑쇼, 박준상 옮김, 앞의 책, 139쪽.

—&—&—&—&—

소년은 아예 명랑한 사랑이 되고자 한다. 기꺼이 실패한 사랑이 되고자 한다. "큰 산이 먼 산이 돼도 안아주면 될 거"(「연꽃을 보며 기뻐하는 당신과 얼마나 오래 기뻐할 수 있을까」)라고 사랑을 긍정한다. 어쩌면, 소년의 마음은 이타적이고 자기희생적 사랑에 근접해 보인다. 불가능한 사랑에 대한 회의를 회의함으로써 가능의 사랑으로 재현하고, 그의 시 세계 전반을 지배하고 있는 울음과 체념, 불안을 해소하려고 한다. 이렇게 불가능과 가능이라는 양립할 수 없는 두 조건의 상호작용으로 애달픈 소년의 사랑이 형태를 갖추어 간다.

소년의 사랑은, 어른이 되기를 거부하고 어른이 되지 못한 채, 어른들이 완성하고자 했던 순수한 사랑 공동체의 틈새를 밝히고 있다. 물론, 이러한 사랑이 소년의 행복과 사랑의 완성을 보증하지는 않는다. 그러나 소년의 사랑은 망각한 줄 알았던 지난 상처와 아파하는 비존재들을 스스로 보듬어 주는 경험이 되는 듯하다. 동시에 소녀로 위시爲始되는 타자를 지키는 방법이 되는 듯하다.

여전히 너와 나는 "행간을 넓히면서/ 각자 벽에/ 붙

어"(「행복한 나의 집」) 있지만, 소년은 "아침보다 먼저 올 소녀"를 "구름과/ 제일 가까운 곳/ 골목만/ 달리는 곳"(「고강동」)에서 외로움을 이겨내며 기다리고 있을 것이다. "우리는 패배한 사람/ 하늘에 엎질러졌"(「갤럭시」)어도, 소년은 그가 믿는 사랑이라는 난제이자 위안을 실행해 갈 것이다.

그런 일은 생기지 않겠지만, "만약 이 세상 모든 사람이 시조를 쓰지 않더라도, 나 혼자 시조를 쓰고 있다면, 시조는 살아 있는 것"[10]이라고 강조했던 김남규 시인. 그가 이번 시집에서 보여준 '소년의 애달픈 사랑'은 이후 어떤 형상을 띄게 될까. 김남규 시인은 데뷔하고 10여 년을 훌쩍 넘어섰는데도 여전히 젊은 세대에 속한다. 그런 시인의 미래 시조에는, 그의 언어를 젖게 만드는 소년의 울음이 조금은 줄었으면 하는 바이다. 함께 가는 사람들이 곁에 있으니. 그리하여 의식적 자아가 웃는 눈을 지닌 비존재로서의 소년과 만나게 되길 바란다.

---

10 김남규, 「시조의 밑바닥을 보겠다」, 『집그리마』, 고요아침, 99쪽.

시의집 001

나의 소년에게

초판 1쇄 발행 2022년 12월 31일

지은이 김남규
발행인 김신희
편 집 김정웅

발행처 헤겔의휴일
출판등록 제2017-000052호
주 소 (07370) 서울시 영등포구 도림로 110길 12-3
문의 및 투고 post-rock@naver.com

ISBN 979-11-978344-1-7(03810)

© **김남규**, 2022

*** 이 책은 경기도, 경기문화재단의 후원을 받아 발간되었습니다.**

* '헤겔의휴일'은 '포스트락' 출판사의 문학 · 인문 전문 브랜드입니다.
* 이 책은 저작권법에 따라 보호받는 저작물이므로 무단 전재 및 복제를 금합니다.
* 이 책의 전부 혹은 일부를 이용하려면 '저작권자와 포스트락'의 동의를 받아야 합니다.
* 잘못된 책은 구입처에서 교환해드립니다.
* 책값은 뒤표지에 있습니다.